CÍRCULO *Luna Parque*
DE POEMAS *Fósforo*

Holograma

Mariana Godoy

11 separação total de bens
12 ato falho english version
13 carrie
14 espectro sonoro
18 ad extremum
19 flashback
20 dois é bom
21 visão
23 ritos de passagem
25 genética
26 essa é a imagem
27 estudos para um holograma
28 cena do capítulo final
29 dramaturgia
30 teoria das cordas
31 área de atuação
32 ab ovo
33 cen·su·ra
34 talvez chamar de poema
35 eco
36 rosa dos ventos

37	processo seletivo
38	the sims
39	holograma
41	moby dick
42	grandes poderes trazem grandes responsabilidades
43	sujeito fragmentado
44	fósseis
45	cama de gato
46	fortuna
48	malévola
49	papel vegetal
50	contra a interpretação
51	persona
52	a guardadora de rebanhos
53	laços de família
54	trifásico
56	a criação
57	biruta
58	dijn
59	a memória da memória
60	coleção
61	match point
63	laboratório de memórias
65	déjà-vu

para cecília, a essa altura

"mas o que é o luto, se não o amor que perdura?"
[*"but what is grief, if not love persevering?"*]

WandaVision

separação total de bens

agora contamos os desaniversários
os anos como morto
que hoje somam nove
nove anos
meu pai
ainda uma criança na morte
lembro que nessa idade eu já dizia
que se os meus pais se separassem
ficaria mesmo é com a minha mãe

ato falho english version

leio para um grupo de amigos
um poema da norte-americana ursula k. le guin
mas quando chego na palavra *dead*
acabo falando *daddy*
é um poema sobre ver um ente querido na rua
mas perceber que só pode ser outra pessoa
então peço desculpas e leio novamente o poema
and I think: dead
e eu penso: pai

carrie

no ano de 1993
a minha mãe trabalhou como professora
na escola ondina rivera miranda cintra
e escorregou na escadaria principal
perdendo o processo de uma gestação

se naquele ano de 1993
a minha mãe não tivesse escorregado
o meu irmão teria nascido
ou a minha irmã
mas não seriam o meu irmão ou a minha irmã
porque se a minha mãe não tivesse escorregado
teria feito a cirurgia para evitar a terceira gestação

a terceira gestação da minha mãe sou eu

no ano de 2007
fui estudar na escola ondina rivera miranda cintra
e foi naquela escadaria que percebi
que é muito fácil cair quando prestamos atenção
ao movimento dos pés
enquanto descemos as escadas

espectro sonoro

05 de janeiro
começo a ouvir um zumbido no ouvido direito
um zumbido de rádio que vai e volta
vai e volta como uma onda esse zumbido
não sei definir
não sei se

06
a minha mãe
tem um zumbido de cigarra no ouvido esquerdo
a cigarra canta como um relógio quebrado
antes de esbarrar em um microfone
diz a minha mãe que só escuta o barulho à noite
quando o dia se deita

07
me assusto com a ideia de nunca mais ter o silêncio
e lembro que nas obras de tchékhov
o stanislávski aproveitava as pausas as reticências
os silêncios
para colocar algum barulho
alguma interferência
um trem atravessando o palco com pequenas lufadas de
[fumaça
ou o coaxar dos sapos no final de um ato
para o stanislávski
os sons estavam longe de serem meros apetrechos
meros efeitos
eles revelavam as transformações internas de cada
[personagem

para stanislávski
a introdução desses ruídos
obedecia às rubricas de tchékhov
porque escuta
não há silêncio com silêncio

o8
vou ao otorrinolaringologista
ele examina o meu ouvido esquerdo
e diz que será preciso fazer uma lavagem
depois examina o ouvido direito
o ouvido do zumbido
e não vê nem ouve nada
diz que será preciso fazer uma audiometria
na próxima consulta dia 22
e até lá tenho que esperar pelo exame e pela lavagem
saio do consultório
com o zumbido e um verso
fazer silêncio ainda é ruído

o8
quando você era pequena
seu pediatra falou que eu deveria casar
com um otorrino
porque você ia precisar muito
de um otorrino

o8
quando eu era pequena
confundia otorrino com ornitorrinco
porque o ruído branco tem desses caminhos esquisitos

08
chego em casa e penso na audiometria
penso que posso estar sofrendo de surdez gradativa
porque sempre penso que sofro de dores fantasma
mas agora essa ideia surge
porque lembro do costume da música alta nos fones de
                                                                             [ouvido
e coloco o álbum canções praieiras de 1954
o primeiro disco do dorival caymmi
um disco de rádio e de onda
como tudo aquilo que é o que deve ser

10
volto ao hospital
o zumbido de rádio ou onda ficou mais grave
assim como a dor que veio com uma vertigem
será que também fantasma?
o médico
outro médico
examina e diz que não estou perdendo a audição
que é só uma infecção de piscina
uma interferência
que some com amoxicilina com clavulanato
de oito em oito horas por sete dias
e prednisona vinte miligramas
um comprimido ao dia por cinco dias

12
o meu namorado vem jantar comigo
e conto a ele sobre o zumbido de rádio ou onda
que parece diminuir com os antibióticos
e é só falando com ele que lembro daquela série que
                                                                          [gostamos

os ruídos são fantasmas
são espíritos os chiados de estática
ele diz
a segunda temporada fica disponível no próximo mês
na HBO
eu digo
o meu ouvido pode estar captando
esse tempo todo
um holograma

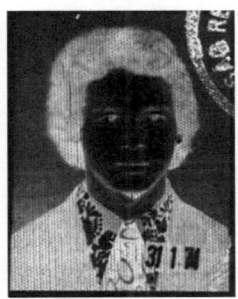

colocar os fantasmas em seus devidos lugares é também
uma forma de proteção

ad extremum

quando meu pai
acompanhou a exumação da minha avó
ele viu que partes do corpo dela
como os braços como as pernas como o tronco
não estavam decompostas
o suficiente para serem engavetadas
isso o forçou a insistir
e ameaçar processos
sabe-se lá contra os ossos de quem
para que deixassem
se não pela boa vontade pelas vias da legalidade
que minha avó descansasse
mais um ano ou dois com a terra

quando eu
acompanhei a exumação do meu pai
fiquei com medo de encontrar
os braços as pernas o tronco
mas ele estava como deveria estar
meu pai tão competente com a morte
os ossos misturados a uma sujeira velha
e um veredito decomposto no final
filha
eu estou
te poupando
do estresse

flashback

começa a tocar uma música na rádio
e eu penso que um dia quero escrever
um poema tão bom como essa música
mas não é o que digo
o que digo pra pessoa ao meu lado
é que a vida podia ser só isso
ou mesmo
o poema

dois é bom

existe um sentimento que só os últimos conhecem
os últimos
são aqueles que olham para os seus companheiros
e sabem com uma certeza ancestral que são os últimos
que não haverá outro ou outra em seguida
que você é o destino de quem te beija
e quem te beija é o seu destino
porque não há ninguém lá fora esperando
porque não há ninguém a ser encontrado
porque
são só os dois e esse número infinito
caindo sobre a cama todas as manhãs

visão

para o ricardo

compartilho com a minha mãe
o endereço da casa em que você mora
e ela compartilha comigo
que o meu pai vendia ovos no mercado da sua rua
é o bastante para que eu comece a pensar em cenários
em que você e o meu pai se cruzam
por um curto período de entregas
talvez ele tenha freado a kombi que dirigia
enquanto você jogava futebol na rua
ou quem sabe
vocês se esbarraram na entrada do mercado
deixando cair um ou dois ovos

um susto de um susto

penso agora na possibilidade de nós três
juntos não em um altar mas em um passado
já que às vezes o meu pai continuava trabalhando
depois que me buscava na escola
o que torna possível
que eu tenha abaixado para pegar um caderno
assim que o meu pai pisou no freio
para não atropelar você que corria atrás da bola
ou melhor ainda
quem sabe não foi pelo esbarrão
que naquele dia o meu pai entrou na kombi bravo e disse
você pode namorar qualquer um menos palmeirense

enquanto pelo retrovisor
você passava
verde aos meus olhos

ritos de passagem

1
tudo começou com o meu irmão dizendo
que eu nunca ia ser atriz
que eu nunca ia ser atriz
porque não conseguia prender a risada dentro do corpo

2
eu queria provar que o meu irmão estava errado
que eu ia ser atriz e que eu ia ser atriz
que eu podia fingir um desmaio
com a risada dentro do corpo
então fiquei no chão gelado da cozinha
esperando um pai uma mãe
um irmão aparecer e começar a gritar

e a risada dentro do corpo

3
o meu pai nunca tinha me batido antes
a sua força era vista somente na hora de atravessar a rua
quando apertava o meu braço e dizia
se você sair correndo a sua mão fica
mas naquela noite
quando a risada saiu de dentro do corpo
ele gritou tanto que fez um furo
me pegou tão forte
que fui parar na cama em linha reta
eu fui da cozinha para o quarto
um furo em linha reta
na cama

4
toda minha vida
tenho tentado responder a essas perguntas

como faço para seguir a linha?
como faço para seguir a linha?

acabou

5
quando viajei de avião pela primeira vez
foi como ir de um cômodo a outro
pelas mãos do meu pai

genética

a morte é o silêncio e a contemplação
em uma ultrassonografia

essa é a imagem

a mãe levanta o bambu
e desenha uma linha tensa
no alto
depois olha o território o céu tecido na horizontal
e proclama
então
a independência dessa casa

estudos para um holograma

vejo uma foto
a foto mostra
um homem na faixa dos oitenta anos
regando as flores na entrada de uma casa
abaixo da foto a legenda conta
de um pai que morreu há três anos
mas que ainda cuida do jardim
no google maps

olhar o mapa
é o jeito mais eficaz de encontrar o que está perdido
é se pôr neste caso
a buscar o corpo em uma variante da linha do tempo
                                                [principal

penso no meu pai
na possibilidade do mapa não o ter ultrapassado
e digito o nome da rua de casa
passando a procurá-lo pelos anos
só para encontrar
a velha kombi na garagem

cena do capítulo final

ao longo da novela reprisada
tentávamos lembrar o que aconteceria
ela disse que quando era assim eles mudavam o final
quando era assim
que na época gravaram três finais
que faziam umas novelas tão boas antigamente
terra nostra pai herói
mulheres de areia com a eva wilma
ela morreu do quê mesmo?
pergunto mas não vem a resposta
é claro
há atrizes que não morrem nunca
especialmente
as que têm os olhos da nossa mãe

dramaturgia

antes da primeira comunhão
cada um de nós tinha que falar com o padre
em uma sala que ficava atrás do altar
lembro de uma fila de crianças tranquilas
como se todas já soubessem a fala
tão certas de seus pecados
tão voltadas para a própria devoção
enquanto eu não fazia ideia do que contar
enquanto eu entrei no confessionário
e inventei que brigava muito com o meu irmão
só para ouvir sobre a importância da família unida
depois
cruzei a igreja pensando
se uma mentira para o padre é uma mentira para deus
pensando que agora eu poderia voltar
e confessar o que tinha mesmo para confessar
mas nada era mais prazeroso
do que a possibilidade

teoria das cordas

a comunicação de um pai com a filha
através dos livros
é interestelar

fica

área de atuação

a casa da infância ficava em uma rua íngreme
que eu subia e descia correndo
para ser levantada no ar pelos braços do meu pai
uma brincadeira que acabou quando tropecei
e precisei levar três pontos no queixo

quem foi que colocou esses médicos entre nós?

lembro a minha mãe da cena
e descubro que não era uma brincadeira minha
com o meu pai
mas uma brincadeira da minha prima
com o meu tio
que eu nunca levei três pontos no queixo
enquanto a prima carrega uma leve cicatriz

é o que normalmente acontece aos tradutores
que trabalham no campo da memória

ab ovo

diz que atrasou no [*inaudível*]
depois cheio de perguntinhas
quer saber por que ela insiste em mudar de colégio
quer saber por que ela quer tanto estudar em um particular

o holograma é uma das tecnologias da memória
de modo que agora olho a cena do banco de trás
e já sei o que ela vai dizer na imediatez da adolescência

não quero passar a vida vendendo ovos como você

o pai
que agora dirige a kombi em silêncio
e tudo o que posso fazer é pisar nas cartelas
e dar ao holograma um cheiro
ao invés de uma fala

cen·su·ra

não posso
ler ou escrever
essa palavra
porque
minha professora
ainda
não me ensinou
essa letra

talvez chamar de poema

heloisa pega um papel e um lápis
faz algumas garatujas
e depois entrega a folha dizendo
pronto
pergunto o que é
e ela já descendo da cadeira
como quem sai da folha
responde
desenho

eco

meu pai me chama na cozinha
deve estar querendo alguma coisa
que só eu sei onde está
o açúcar
o filtro de café
a droga da tampa do liquidificador
grito *já vou*
e lembro que o enterro dele
foi ontem

rosa dos ventos

sempre que nos despedimos
minha avó diz
volta com os quatro
segundo ela
cada pessoa tem quatro protetores em volta do corpo
como um instrumento de navegação geográfica
são os protetores nas pontas
que nos mostram
não a ida
mas a volta
para casa
porque as avós se despedem querendo a volta
que é sempre para o mesmo lugar
da casa
da infância
onde permanecem
vivas as avós

processo seletivo

às vezes quando terminávamos um jogo
o meu irmão dizia *parabéns você ganhou*
só que na verdade
o controle estava desligado o tempo todo
o meu irmão havia jogado sozinho o tempo todo
você ganhou ele dizia
e de certa forma era sim
verdade
tudo depende do ritmo
que você coloca nas coisas

the sims

reconstruo a casa da infância
projetando as pessoas que poderíamos ter sido
espalhando as paredes
como se marcasse as medidas pelos passos

vou criando o passado
como em uma das criações do mundo
papai mamãe e dois irmãos
percorrendo os móveis mais baratos
as portas mais antigas

é como brincar de ser deus
foi o que me disseram uma vez

o livre-arbítrio existe
mas às vezes preciso guiá-los
para que não durmam nas camas erradas
ou botem fogo na cozinha

há diferentes maneiras de morrer
você pode explodir ao aterrizar um foguete
ou ser atingido por um raio
ou se afogar na piscina depois de nadar por 24 horas
mas câncer não é uma delas

papai relaxa na poltrona
um prisma em sua cabeça se enche de azul

holograma

durante quatro meses
meu pai foi um guarda-noturno que eu pagava
para me encontrar no ponto de ônibus às onze horas da noite
de segunda a sexta mas não lembro
sobre o que meu pai e eu conversávamos
deviam ser essas coisas superficiais de pais e filhas que ainda
                                          [não se conhecem
o tempo o trabalho as férias escolares

durante quatro anos
meu pai foi o porteiro que o curso de teatro pagava
ele me deixava frequentar a sala dos funcionários
e tomar quantas doses de café eu entendesse
enquanto conversávamos sobre a infância dele no interior
                                          [de minas gerais
e a minha vida teatral porque
as filhas querem sempre saber
do passado dos pais
e os pais querem sempre
saber do presente das filhas

os pais dos meus namorados também foram meu pai
alguns dos meus namorados também foram meu pai

médicos professores o arnold schwarzenegger
em o exterminador do futuro 2
o gary oldman em o prisioneiro de azkaban
o jean reno em o profissional
o clint eastwood em menina de ouro

o stevie wonder no álbum songs in the key of life
o johhny cash
cantando father and daughter com a enteada rosie nix adams

todos
meu pai

mas o primeiro a interpretar
meu pai foi o cavalo
que passou pela rua de terra dos meus três anos
qualquer cavalo
e uma criança atrás dele
gritando *volta*

moby dick

só queremos conquistar alguma coisa
e honrar um sobrenome
quando passamos a carregar um morto
ainda que acreditemos
que depois da morte só existe mesmo a morte
esperamos sempre uma voz
de dentro
do fundo
que diga
parabéns minha filha
é o que me faz esticar a gravata no rio
e esperar a metamorfose da minhoca

grandes poderes trazem grandes responsabilidades

encontro um amigo de infância no supermercado
sei que ele perdeu a mãe faz pouco tempo
e conto a ele uma lembrança
dela me chamando de mary jane watson
já que trocávamos figurinhas do spider-man
o mesmo amigo que agora ri
e me conta uma lembrança que tem com o meu pai
antes de seguirmos
um para cada lado
com as compras da semana

há coisas que só descobrimos adultos
como isso
que a função dos amigos de infância
é essa
nos lembrar de como eram os nossos pais

sujeito fragmentado

catarina escreve o meu nome na calçada
com um pedaço de tijolo vermelho
ela já é criança de ir pra escola
e fica querendo ser professora
como qualquer criança que gosta de ir pra escola
essa é você
ela diz apontando uma palavra separada em sílabas
não sei ainda o que é sílaba
mas sei da separação
papai vai continuar sendo o papai
mamãe vai continuar sendo a mamãe

fósseis

não é nessa mesa que você almoçava com a sua mãe
não é nessa mesa que ela tirava os espinhos dos peixes
e entregava a carne limpa
na época
você não era boa em manobrar as lascas pontiagudas com
[a língua
hoje
é você quem separa os espinhos no canto do prato
e inspeciona cada pedaço do peixe para a sua filha
perceba
a mesa embora outra segue as curvas do mesmo rio

cama de gato

quando na escola perguntavam
quem eu amava mais
a minha mãe ou o meu pai
eu sempre mostrava o amor
pela distância entre as palmas
a minha mãe eu amo um tanto assim
o meu pai eu amo um tanto assim
sem perceber
que tudo aquilo que ficava entre uma mão e outra
era nada

fortuna

na viagem da itália para o brasil
a minha tataravó perdeu a filha de dois meses
e caminhou por dias com ela enrolada em uma toalha
o desejo
era enterrá-la assim que chegasse ao porto de santos
o lugar no qual seria batizada
a criança sem nome

será que o batismo de um cadáver é a primeira caligrafia
                                        [dessa memória?

no navio
quando os marinheiros descobriram a morta recém-nascida
jogaram o corpo ao mar
para evitar o que chamavam de *peste*

a minha tataravó perdeu a visão depois de alguns anos
e dizia
vedo mia figlia che viene gettata in mare
mesmo assim

cegueira não significa apenas a falta da visão
mas em sentido figurado
afeto extremo por alguém
que nada mais é
do que ver demais

✳

as crianças que moravam na colônia
chamavam a minha bisavó de senhora coruja
porque depois da cegueira ela passou a andar
com os olhos assustados de quem tateia a noite
já a minha avó maria nádege
nunca andou como uma coruja
seus olhos estão mais para dois feijões brotando
no escuro da terra

mas há algumas semanas
essa avó diz que acorda a noite
e enxerga o meu avô dormindo
outro dia insistiu que fez o caminho do quarto até o banheiro
às claras
não percebe que a ilusão faz parte do sonho dos cegos
o 3D de uma visão fictícia

✳

quando a minha avó ficou cega
a minha mãe foi atrás de fazer os exames
e começou o tratamento para prevenir o glaucoma
parece que podemos diminuir o risco
de uma cegueira total
para o risco de uma cegueira parcial
se continuarmos com a prevenção
e continuar
significa
que os antepassados estão sempre a nossa frente

malévola

anota no seu caderninho
não é vó
é nonna
agora escreve vinte vezes
e lasciatemi cucinare

a língua materna é muitas vezes a língua madrasta

papel vegetal

a distância entre o lugar que moro
e o lugar que nasci
é do tamanho do meu dedo indicador no mapa
imagino este dedo no céu
cobrindo toda a cidade
tapando o sol
furando os prédios
e apontando uma origem
e um destino roído

contra a interpretação

quem nasce em pacaembu
é chamado de pacaembuense
eu sou uma pacaembuense de 1996

paã-nga-he-nb-bu
é uma palavra do tupi-guarani que significa
terras alagadas
mas dizem também que a palavra pode significar
córrego das pacas
e que pacaembu se chama pacaembu
porque tem a forma de uma tigela de água
ou é
por causa da presença excessiva das pacas
nos arredores da cidade

não sei se essas informações estão corretas
mas de qualquer forma
prefiro a explicação do meu avô
que a cidade se chama como se chama
porque um dia um morador gritou
paca
e outro gritou
embu

persona

a minha personagem favorita no mortal kombat
era uma assassina que usava um leque azul
mas como os leques de tecido não eram resistentes
eu brincava com um pneu de bicicleta
enquanto o meu irmão usava as cordas de pular
rá! rá! gritava tacando o pneu nas pernas dele
depois vinha o fatality
e as cordas viravam tripas balançadas no ar
o nome da personagem favorita não sei até hoje
mas lembro que ela tinha problemas com o pai

a guardadora de rebanhos

tínhamos uma coreografia toda manhã
ela em uma ponta da cama
eu na outra ponta segurando a mesma coberta
as duas virando o corpo pelo quarto
como numa dança
como naquelas danças da corte francesa
a coberta ficando cada vez mais fechada
até ganhar a forma de um cilindro
enquanto nós duas
mãe e filha
terminávamos unidas pelas dobras do tecido
uma coreografia
que acabava com ela guardando a coberta
como quem guarda em segredo
um coração no armário

laços de família

pode ser muito chamativo um laço de cabelo
que brilha no centro da sala de aula
um laço azul cheio de estrelas fluorescentes
como as estrelas que brilham no escuro do quarto
mas também pode ser muito chamativo
entrar em casa com um laço que não é seu
e ter a mão da mãe interferindo nos astros

você vai devolver o laço amanhã
você vai entregar o laço para a professora
ou a mãe vai mostrar o laço na frente de todos os seus
                                                      [amigos
e perguntar de quem é

você se tranca no banheiro com uma tesoura e começa
a cortar
a cortar as mechas
de modo que não consegue prender o cabelo
de modo que o laço não serve mais
e conforme corta
as estrelas desgrudam
uma a uma
do teto do quarto

trifásico

as luzes do segundo andar da minha casa pararam de
[funcionar
desarmei o disjuntor
rearmei o disjuntor
mas as luzes não continuaram
pego o telefone e disco *mãe*
pergunto
o que será que posso fazer?
resposta
aciona a seguradora
que é um modo de dizer
que eu não posso fazer nada
provavelmente algum fusível queimou
na caixa de entrada das fases
resposta
da última vez tinha sido um fusível
da última vez
seu pai ainda estava vivo
ele comprou dois fusíveis
usou um só
o outro
ficou na gaveta do aparador
penso
como um fusível comprado há mais de oito anos
permanece na gaveta do aparador
será que já tínhamos o aparador antes do meu pai falecer?
penso meu pai
enquanto luz apagada
penso

1 – marcar horário com a seguradora
2 – procurar fusível na gaveta do aparador
3 – mãe pai eu
fico um tempo sentada no chão da sala
revirando a gaveta no colo até desistir
disco *namorado*
angustiada
porque o segundo andar da minha casa está no escuro
e meu banho vai ser um banho gelado
resposta
é mesmo a água fria te deixando angustiada?
é realmente um fusível
a sua procura?

a criação

o meu pai erguia o dedo mindinho
quando segurava o copo de café
um costume que herdei por graça
levantar o dedo mindinho e assim como em uma pintura
quase tocar o dedo do meu pai
um quase
num espaço realçado pelo vazio

biruta

não sei como ela fez
a meia-calça amarrada na ponta de um bambu
mostrava a intensidade
e a direção do vento ao longo do dia
muito mais lindo do que aquilo
era a perna de deus
bonita
se esticando no céu daquela maneira

dijn

entre o nariz e a boca
há uma depressão feita por um anjo
segundos antes de nascermos
o anjo coloca o dedo em nosso rosto
e a gente esquece de onde veio
deixando essa depressão
que não tem nada de intencional
seu dedo de martelo
não lhe dá alternativas
pesa muito ser divino

a memória da memória

você corta a fala de um amigo
para dizer que teve um déjà-vu
e o amigo apenas se volta
como se você apontasse o dedo para o céu
e dissesse *rápido uma estrela cadente*
mas quando o amigo olha a estrela já foi
o déjà-vu é isso
um abalo sísmico
uma estrela cadente enquanto núcleo do corpo

coleção

não sei o que leva alguém a colecionar
qualquer coisa que seja
a forma como a coleção cresce nas prateleiras
os adesivos e as câmeras antigas
a boneca barbie seguida da frase
essa é uma raridade
a fixação de colecionar o mesmo
e pensar que é outro
a corrida em busca de algo
já guardado em perfeitas condições
não sei o que leva alguém a colecionar
o que quer que seja
até olhar agora
essas folhas amassadas no chão
espalhadas
o caminho torto
até o poema

match point

alguma coisa aconteceu
quando perguntei *cadê o billy?*
a expressão no rosto da minha mãe
uma ligação às pressas e a frase
se você não vier ninguém vai dormir essa noite
o caminho apressado até o motorista
o pedido
precisamos parar no trevo

um trevo é um lugar de encontro
de duas ou mais vias
um símbolo na estrada
que só é possível
ver lá do alto
tem coisas que a gente só consegue ver de cima

em alguma das folhas do trevo
um homem estará acenando
com um cachorro de pelúcia
bem ali tá vendo?

é esse cachorro
um poodle chamado billy
que vai entrar no ônibus
aplaudido pela maioria
esmagadora
de passageiros

plateia

essa cena vai se repetir por vários e vários anos
sob estéticas diferentes

existe um problema
e a mãe
resolve o problema

laboratório de memórias

um homem caminha em um corredor
nas costas
o portão que dá para a calçada
na frente
a filha de quatro anos

ela ainda não sabe que é filha
que é parte de uma programação

o homem continua
caminha com as mãos ocupadas
na mão esquerda
segura uma sacola cheia de carne moída
na direita
um telefone de brinquedo com formato de tartaruga

a réplica está quase pronta

o homem caminha
a filha ainda não sabe que é filha
mas saberá
em alguma parte do tempo

um poodle
mais um personagem sintético no cenário
se movimenta
pula para alcançar a carne
mas o homem continua
chega até a filha

que não sabe ainda que é filha
até agora
até esse momento
em que o telefone toca
e tudo que é real desaparece

déjà-vu

1
depois que me buscava na escola
o meu pai e eu ficávamos na bonbonnière
aquela loja de doces pra adultos
também conhecida como bar do bahia

num dos muitos
dias no bar do bahia atrapalhei a conversa
do meu pai porque queria saber o que era o el niño
ele disse
que o el niño era um disco voador
que viajava pelo país atrás de alguns idiotas
como os amigos dele
que caíram na risada
e então eu soube
que essa era uma pergunta pra minha mãe

o el niño é um fenômeno climático
ela disse
que altera a temperatura das águas do oceano pacífico
provocando mudanças climáticas em diversas regiões

a explicação foi essa ou algo muito parecido
porque a minha mãe é professora
e sempre gostou dessas perguntas
ela fala que a resposta é algo que abre passagem pra trás
enquanto a pergunta é algo que abre passagem pra frente

avançam pra além da dúvida

a minha mãe ainda que muito inteligente
demorou pra descobrir a bonbonnière
mas quando soube arrumou as malas do meu pai
e se trancou no quarto com ele
depois saiu e disse
a verdade é uma pressão necessária
às vezes a minha mãe falava como se lesse
mas eu sabia que aquilo não significava *divórcio*
era ela
soletrando a palavra *perdão*

2
na véspera de natal
às nove horas da noite ou quase isso
a minha mãe pediu pro meu irmão cuidar de mim
e saiu
ele que deveria cuidar de mim
me deixou na casa da vizinha e saiu
a vizinha estava dando uma festa
ela que não tinha nada a ver com a minha família
me deixou no quarto da filha e saiu
a filha era só um ano mais nova do que eu
ela foi a única que ficou e disse
seu pai apanhou no bar e foi parar no hospital

engaveto o poema por dois meses depois do verso acima
penso
e se ao invés de verso o nome fosse limbo?
não é o verso
assim como o limbo o eterno retorno?

seu pai apanhou no bar e foi parar no hospital
como seguir depois disso?
mas esta não é a pergunta que devo fazer
a pergunta é
o que senti depois disso?

uma pressão
uma pressão
no coração das coisas

3
acordei com a minha mãe me carregando no colo
eu tinha nove anos e ela me carregou no colo
porque segundo a minha mãe hoje
foi como se eu tivesse diminuído de tamanho

quando chegamos em casa
ela me perguntou se eu tinha ficado bem na vizinha
devo ter dito que não
mas neste poema talvez eu possa dizer
que estava como o el niño
só que ao contrário
o el niño ao contrário
ela vai dizer no fim deste poema
se chama la niña

4
quando chegamos em casa
a minha mãe disse que o meu pai estava no hospital
eu quis saber por quê
eu quis saber como ele tinha se machucado

mas ela fugia da resposta
não queria avançar nem pra frente nem pra trás
mas depois de um tempo
não lembro o quanto
ela disse que o meu pai caiu na rua
porque um homem pegou um dos bancos de madeira
que eu usava de mesinha pra fazer lição na bonbonnière
e bateu com tudo na cabeça do meu pai
pelas costas

uma pressão

quanto mais a minha mãe falava a verdade
mais eu lembrava do filme *menina de ouro*
ganhador do oscar de melhor filme naquele mesmo ano
quanto mais a minha mãe falava a verdade
mais eu via a maggie
caindo em cima do banco de madeira
que eu usava de mesinha na bonbonnière

eu nasci com 950 gramas
papai me dizia que eu lutei pra entrar no mundo
e agora quero lutar pra sair
é só o que eu quero frankie

5
a minha mãe disse que o meu pai estava no hospital
e que eu ia passar um tempo na casa da minha tia
que não vou chamar por nomes neste poema
mas antes de fazer as malas
a minha mãe me entregou o presente
que deveria ter sido entregue na noite anterior

pausa
eu não consigo me lembrar o que era

a minha mãe me entregou o presente
e disse quando e onde comprou
porque estava querendo dizer
que o papai noel não me servia mais
algumas coisas já não me serviam mais depois daquela noite
brinquedos e natais e histórias com lobos

perguntei por quanto tempo ficaria fora de casa
e foi então que percebi
que mães
são só mulheres passando pela sala da infância

6
minha mãe veio passar o réveillon comigo
lembro de uma festa
mas não lembro de apreciar os fogos de artifício
nem de acender lã de aço com as outras crianças
algumas coisas já não me serviam mais depois daquela noite
e por não sair de perto da minha mãe
pude ouvir as pessoas perguntando sobre aquele homem
o homem que bateu com tudo na cabeça do meu pai pelas
                                                                    [costas
o homem que era até segundos antes um amigo
um amigo

o el niño é um disco voador

7
depois de um mês e alguns dias daquele dia
em que a minha mãe fez a minha mala
me levam pra ver o meu pai
eu não posso entrar no quarto
e tenho que esperá-lo em um corredor
curioso
a primeira lembrança que tenho com o meu pai
é de vê-lo caminhando em um corredor

quando o meu pai apareceu
comecei a me afastar e chorar como la niña
porque o meu pai já não era o meu pai
estava com o rosto rasgado e remendado
feito uma colcha de retalhos humanos
sem nenhuma parte de nós
sem nenhuma parte que dissesse
eis aqui um pai e uma filha
e quanto mais a minha mãe tentava me levar até ele
mais eu forçava o meu corpo
como resposta
porque eu sabia maggie
que às vezes o melhor jeito de acertar um soco
é recuando

8
busco a lembrança de como e quando voltamos pra casa
na tentativa
de através deste poema
reconstruir não a cena mas a possibilidade da mesma
uma variante da linha do tempo principal

não muito distinta
mas independente de como construo a narrativa
o poema acontece
ele exerce o papel de poema em uma infinidade de
[possibilidades

busco lembrar como e quando voltamos pra casa
e enquanto isso
o poema segue o próprio caminho
ele salta de um tempo pro outro de uma forma irregular

tem sempre uma noite que a gente percebe
que nem sempre sair de casa é divertido

veja
é dois mil e doze

quando o rosto do meu pai já se desmancha no leito do
[hospital
tenho a impressão de que observo o meu próprio rosto
trincado e rasgado e remendado
como se a carne do pai de ontem
fosse a chaga da filha de hoje

veja
a cena por cima

a minha mãe na poltrona assinando alguns papéis
enquanto na cama
o meu pai conversa com as alucinações dele
e pergunta e pergunta se eu também escuto

mas tudo o que ouço
são as vozes na televisão do quarto
a jornalista dizendo
fenômeno climático el niño pode voltar neste mês de setembro
e eu olho agora os meus pais

os meus pais

e eu sei
o que é o el niño

Notas de leitura

Notas de leitura

Copyright © 2023 Mariana Godoy

Todos os direitos reservados. Nenhuma parte desta obra pode ser reproduzida, arquivada ou transmitida de nenhuma forma ou por nenhum meio sem a permissão expressa e por escrito da Editora Fósforo e da Luna Parque Edições.

EQUIPE DE PRODUÇÃO
Ana Luiza Greco, Fernanda Diamant, Julia Monteiro, Leonardo Gandolfi, Mariana Correia Santos, Marília Garcia, Rita Mattar, Zilmara Pimentel
REVISÃO Eduardo Russo
PROJETO GRÁFICO Alles Blau
EDITORAÇÃO ELETRÔNICA Página Viva

A marca FSC® é a garantia de que a madeira utilizada na fabricação do papel deste livro provém de florestas gerenciadas de maneira ambientalmente correta, socialmente justa e economicamente viável e de outras fontes de origem controlada.

Dados Internacionais de Catalogação na Publicação (CIP)
(Câmara Brasileira do Livro, SP, Brasil)

Godoy, Mariana
  Holograma / Mariana Godoy. — São Paulo : Círculo de poemas, 2023.
  ISBN: 978-65-84574-38-0
  1. Poesia brasileira I. Título.

22-138979   CDD — B869.1

Índice para catálogo sistemático:
1. Poesia : Literatura brasileira   B869.1

Inajara Pires de Souza — Bibliotecária — CRB PR-001652/0

CÍRCULO *Luna Parque*
DE POEMAS *Fósforo*

circulodepoemas.com.br
lunaparque.com.br
fosforoeditora.com.br

Editora Fósforo
Rua 24 de Maio, 270/276, 10º andar
01041-001 - São Paulo/SP — Brasil

CÍRCULO *Luna Parque*
DE POEMAS *Fósforo*

LIVROS

1. **Dia garimpo**
Julieta Barbara
2. **Poemas reunidos**
Miriam Alves
3. **Dança para cavalos**
Ana Estaregui
4. **História(s) do cinema**
Jean-Luc Godard
(trad. Zéfere)
5. **A água é uma máquina do tempo**
Aline Motta
6. **Ondula, savana branca**
Ruy Duarte de Carvalho
7. **rio pequeno**
floresta
8. **Poema de amor pós-colonial**
Natalie Diaz
(trad. Rubens Akira Kuana)
9. **Labor de sondar [1977-2022]**
Lu Menezes
10. **O fato e a coisa**
Torquato Neto
11. **Garotas em tempos suspensos**
Tamara Kamenszain
(trad. Paloma Vidal)
12. **A previsão do tempo para navios**
Rob Packer
13. **PRETOVÍRGULA**
Lucas Litrento
14. **A morte também aprecia o jazz**
Edimilson de Almeida Pereira

PLAQUETES

1. **Macala**
Luciany Aparecida
2. **As três Marias no túmulo de Jan Van Eyck**
Marcelo Ariel
3. **Brincadeira de correr**
Marcella Faria
4. **Robert Cornelius, fabricante de lâmpadas, vê alguém**
Carlos Augusto Lima
5. **Diquixi**
Edimilson de Almeida Pereira
6. **Goya, a linha de sutura**
Vilma Arêas
7. **Rastros**
Prisca Agustoni
8. **A viva**
Marcos Siscar
9. **O pai do artista**
Daniel Arelli
10. **A vida dos espectros**
Franklin Alves Dassie
11. **Grumixamas e jaboticabas**
Viviane Nogueira
12. **Rir até os ossos**
Eduardo Jorge
13. **São Sebastião das Três Orelhas**
Fabrício Corsaletti
14. **Takimadalar, as ilhas invisíveis**
Socorro Acioli

> **Você já é assinante do Círculo de poemas?**
>
> Escolha sua assinatura e receba todo mês em casa nossas caixinhas contendo 1 livro e 1 plaquete.
>
> Visite nosso site e saiba mais:
> www.circulodepoemas.com.br

CÍRCULO *Luna Parque*
DE POEMAS *Fósforo*

Este livro foi composto em GT Alpina e GT Flexa e impresso pela gráfica Ipsis em janeiro de 2023. Quando ligo o holograma, ouço um zumbido no ouvido esquerdo.